VENTE DU LUNDI 15 JUIN 1914

HOTEL DROUOT
Salle N° 10
à deux heures

EXPOSITION PUBLIQUE
le Dimanche 14 juin 1914
de 2 heures à 6 heures

N° 135

DESSINS :: TABLEAUX
GRAVURES

ANCIENS ET MODERNES

Œuvre de F. SNEYDERS
Tableaux et Dessins de Maurice UTRILLO

COMMISSAIRE-PRISEUR :
Me GEORGES TIXIER
45, Rue de la Chaussée-d'Antin

EXPERT :
M. MAX BINE
17, Rue Victor-Massé, 17

KELLER, IMP.
88, r. Rochechouart
P A R I S

CATALOGUE

DES

DESSINS - TABLEAUX - GRAVURES

ANCIENS ET MODERNES

par ou attribués à

P. BOUDRY, BERGHEM, BONVIN, J. de BOISSIEU,
CARPEAUX, CHATELET, DAUBIGNY,
DESBOUTINS, DETAILLE, DEVEDEUX, DEVERIA,
EISEN, JORDAENS, LAGRENÉE (N.),
MAES, VOUVERMANS, etc.
et des Ecoles Française, Flamande, Hollandaise,
Espagnole et Italienne.

Œuvre de SNEYDERS

Tableaux et dessin de Maurice UTRILLO

dont la vente aura lieu

à Paris, HOTEL DROUOT, Salle N° 10

Le LUNDI 15 JUIN 1914

à deux heures

Par le Ministère de Me Georges TIXIER

Commissaire-Priseur

45, rue de la Chaussée-d'Antin

Assisté de M. Max BINE, *Expert*

17, rue Victor-Massé

EXPOSITION PUBLIQUE

Le Dimanche 14 Juin 1914, de 2 heures à 6 heures.

CONDITIONS DE LA VENTE

Elle sera faite au comptant.

Les adjudicataires paieront dix pour cent en sus des enchères.

L'exposition mettant le public à même de se rendre compte de l'état et de la nature des tableaux, il ne sera admis aucune réclamation une fois l'adjudication prononcée.

DÉSIGNATION

ALIX (Gravé par)

1. — *Portrait de Montaigne.*

Épreuve imprimée en couleurs.

AUDRY

2. — *Paysage animé.*

Toile.

BAUDRY (Paul)

3. — *Etude de femme.*

Crayon. 0.250 × 0.210.

BERGHEM

4. — *Paysage animé.*

Sepia. 0.200 × 0.190

BLOMAERT (Attribué à **J.**)

5. — *Personnage déguisé.*

Toile.

BOISSIEU (Gravé par **J.-J. de**)

6. — *Un moulin.*
D'après Ruysdael.

7. — *Le moulin.*
De Ruysdael.

BONVIN (F.)

8. — *Le petit Breton.*
Crayon, rehauts de blanc.

BOULANGER (Louis)

9. — *L'innocence entre le plaisir et le devoir.*
Aquarelle signée. 0,390 × 0,310

BREUGHEL (Jean)

10. — *Paysage boisé.*
Plume et aquarelle. 0,210 × 0,160

CALAME

11. — *Torrent suisse.*
Aquarelle signée datée 1834. 0,280 × 0,210

CARPEAUX (J.-B.)

12. — *2 feuilles d'études.*
Dans un cadre dont une signée datée mai 1872.

13. — *Caricature.*
Crayon. 0,110 × 0,085

CARPEAUX (Attribué à)

14. — *La Esmeralda.*
Peinture sur papier. 0,410 × 0,260

CARRAVAGE (Polydor de)

15. — *Funérailles.*

Esquisse en camaïeu sur papier.

Au dos : Académie d'homme à la Pierre noire. Signé : Coll. Ch. Rouvin.

N° 99 *bis.*

CHAPU

16. — *Médaillon en plâtre de Duc, architecte ayant construit le Palais de Justice.*

On y a joint un autre médaillon sur les travaux de Duc.

CHARPENTIER

17. — *Portrait de jeune fille.*

Toile.

CHATELET

18. — *Paysage.*

Plume rehaussée. 0,190 × 0,240

CHENAVARD

19. — *Hercule et Omphale.*

Carton. 0,210 × 0,170

CICERI (E.)

20. — *Rue de province.*

Crayon et gouache signé. 0,150 × 0,90

COSTUMES DE THEATRE ET PORTRAITS

21. — *Aquarelles et Dessins par Baric, Joly, Giraud, etc...*

60 pièces. Coll. Péricaud.

22. — *Aquarelles, par Abel Brun.*

22 pièces. Coll. Péricaud.

23. — *Aquarelles, par Baril, Gobin, L'héritier.*

68 pièces. Coll. Péricaud.

24. — *Aquarelles.*

22 pièces. Coll. Péricaud.

25. — *Aquarelles, par Clédat de la Vigerie, Roby, Lassouche.*

49 pièces. Coll. Péricaud.

26 — *Aquarelles, par Abel Brun.*

20 pièces. Coll. Péricaud.

27. — *Un carton de dessins et aquarelles.*

Coll. Péricaud.

28. — *Aquarelles et Dessins, par Martin, Allou, Joly, Hamilton.*

48 pièces.

29. — *26 portraits d'acteurs, aquarelles par Martin.*

XVIIIe siècle.

COURBET (Attribué à)

29 *bis.* — *Sous bois.*

Panneau.

COYPEL (Antoine)

30. — *L'Hiver.*

Aux trois crayons. 0,240 × 0,130

CUYP (Albert)

30 *bis.* — *L'Abreuvoir.*

Plume et lavis 0,178 × 0,225

DAUBIGNY

31. — *Vaches dans un Paysage.*

0,440 × 0,200

DAUBIGNY (Attribué à)

32. — *Bords de Rivière.*

Panneau. 0,310 × 0,240

DAUMIER (Attribué à H.)

33. — *La lecture du journal.*

0,115 × 0,000

DAUPHIN (E.)

34. — *Côtes de Provence.*

Toile. 0,450 × 0,320

DEBUCOURT (Gravé par)

35. — *La bénédiction de la mariée.*

DECAMPS (Attribué à)

36. — *Scène de marché arabe.*

A la plume. 0,240 × 0,450

DEFAUX (A.)

37. — *Femme tricotant.*

Signé daté 1864. Toile 0,280 × 0,400

DELAFOSSE

38. — *Porte d'un port du Midi.*

Plume et lavis. Coll. Soulavy.

DESBOUTINS (M.)

39. — *La femme au chat.*

Eau-forte avant la lettre.

40. — *La femme de Desboutins.*

Eau-forte avant la lettre.

41. — *La sortie de Bébé.*

Eau-forte.

42. — *Le repos.*

Eau-forte avant la lettre.

DESBOUTINS (Attribué à)

43. — *Le goûter de la poupée.*

Crayons de couleurs.

N° 123

DESHAYES (Ch.)

44. — *Paysage.*

Mine de plomb. Signé daté 1871.

DETAILLE (Edouard)

45. — *Etude de Cuirassiers.*

Crayon et rehauts. Initiales.

46. — *Croquis crayon.*

Initiales. 0,200 × 0,130

DEVEDEUX

47. — *Paysage animé.*

Cachet de la vente. Toile.

DEVERIA (Achille)

48. — *Baigneuses.*

Toile. 0,290 × 0,250

49. — *Portrait de jeune femme.*

Toile. Signé daté 1820. 0,350 × 0,275

DIAZ (Attribué à)

50. — *Allégorie.*

Carton. 0,150 × 0,90

DROLLING (Ecole de)

51. — *Portrait d'enfant.*

Peinture.

DUPRAY (H.)

52. — *Dessins, aquarelles, calques.*

40 pièces costumes militaires.

53. — *Le Tsar.*

Crayon et gouache. Signé. 0,190 × 0,130

DUPRE (Attribué à **Victor**)

54. — *Paysage.*

Panneau. 0,160 × 0,180

DUPUY (L.)

55. — *Hôtel de Ville de Nantes.*

Peinture.

DUTHOIT (P.)

56. — *Paysage.*

Toile. 0,500 × 0,600

ECOLE ESPAGNOLE (XVIIe siècle)

57. — *Vierge glorieuse.*

Sur cuivre. C. Haro. 0,430 × 0,340

58. — *Fleurs.*

Toile.

ECOLE FRANÇAISE (XVIIe siècle)

59. — *La rivière aux cygnes.*

Gouache. Cadre bois sculpté. 0,130 × 0,00

ECOLE FRANÇAISE (XVIIIe siècle)

60. — *Etude d'homme nu.*

A la sanguine.

61. — *Portrait présumé de Parmentier.*

A la sanguine.

62. — *Tête de jeune fille.*

Sanguine

63. — *Portrait d'homme.*

Toile.
Au dos M. le Chevalier de Praslin par M. Voiriot.

64. — *Portrait d'enfant.*

Pastel forme ovale. 0,600 × 0,500

65. — *Louis XVI.*

Gouache. 0,200 × 0,140

66. — *Jeune homme dansant.*

A la Sanguine. 0,200 × 0,160

67. — *Le déjeuner dans le parc.*

Dessus de porte cadre ancien bois sculpté. 0,900 × 0,700

68. — *Plats, ustensiles divers et fruits.*

Toile. 1,060 × 0,840

69. — *Fleurs.*

Panneau. 0,230 × 0,350

ECOLE FRANÇAISE (Début du XIXe siècle)

70. — *Jeune femme dans un parc.*

Toile. 0,400 × 0,310

70 *bis*. — *Portrait de jeune femme.*

Toile.

ECOLE FRANÇAISE (1830)

71. — *Paysage suisse.*

Toile 0,550 × 0,650

72. — *Portrait de femme.*

Crayon rehaussé.

73. — *Portrait d'homme.*

Toile.

74. — *Chasseurs.*

Aquarelle

75. — *Tête de jeune fille.*

Crayon.

Nº 126

75 *bis.* — *La Esmeralda.*

Toile.

76. — *Esquisse à l'huile.*

Carton.

77. — *Portrait de jeune femme.*

Toile.

78. — *Le singe musicien.*

Panneau.

ECOLE FRANÇAISE (2e partie du XIXe siècle)

79. — *Portrait d'homme en tenue d'escrimeur.*

Toile.

79 *bis.* — *Portraits de fillette et garçon formant pendant.*

Toiles.

80. — *Paysage.*

Toile.

80 *bis.* — *Portrait de femme ovale.*

Toile.

81. — *Costumes.*

Plume, rehauts d'aquarelle.

81 *bis.* — *Portrait de jeune homme.*

Toile.

ECOLE FRANÇAISE MODERNE

82. — *Corbeille fleurie.*

Toile. 0,650 × 0,530

ECOLE FLAMANDE

83\. — *Evêque.*

Panneau. 0,420 × 0,300

84\. — *Les chats musiciens.*

Toile. 0,380 × 0,450

ECOLE HOLLANDAISE (XVIIe siècle)

85\. — *L'Alchimiste.*

Toile.

86\. — *Etudes de personnages divers.*

A la plume. 0,110 × 0,190

ECOLE HOLLANDAISE (XVIIIe siècle)

87\. — *Paysages.*

2 aquarelles. 0,380 × 0,220

ECOLE ITALIENNE

88\. — *Hercule.*

A la plume.

89\. — *Etude d'homme.*

A la sanguine.

90\. — *La Vierge et l'enfant.*

Sur cuivre.

90 *bis.* — *Esther.*

Toile.

ECOLE ITALIENNE (XVIIe siècle)

91\. — *Combat d'hommes-oiseaux.*

Scène humoristique.

92. — *Un combat.*

93. — *Réunion musicale.*

Toile. 0,300 × 0,310

ECKHOUT (Van)

94. — *Portrait d'homme.*

Toile.

EDELINCK(Gravé par) (D'après **de Troy**)

95. — *Le joueur de Mandole.*

EDELINCK (Gravé par)

96. — *Bataille.*

EISEN (Attribué à)

97. — *Amours.*

A la sanguine.

EISEN (Gravé par **de Longueil**)

98. — *Le concert mécanique.*

EISEN

99. — *Sujets allégoriques.*

2 dessins. Mine de plomb. 0,090 × 0,100

99 *bis.* — *Tête d'homme.*

Pierre noire. Signé.

ETEX

100. — *Faune et bacchante.*

Crayon.

FEYEN-PERRIN

101. — *Sur la plage.*

2 peintures.

N° 141.

FORTUNY (Attribué à)

101 *bis.* — *Les mendiants.*

Toile. 0,200 × 0,160

FRAGONARD (Attribué à)

102. — *Sujet allégorique.*

Sépia. 0,085 × 0,0[illegible]

FRAGONARD (Ecole de)

103. — *Jeune homme.*

Étude à la pierre noire.

GELEE (Claude)

104. — *Le Chevrier.*

Sépia. Signée Claudio.

GELEE (Attribué à **C.**)

105. — *Paysage.*

Plume et lavis. 0,120 × 0,200

GERICAULT

106. — *Samson.*

Esquisse toile. 0,400 × 0,320

GŒNEUTTE (Norbert)

107. — *Le cortège nuptial.*

Carton. Initiales. 0,220 × 0,160

GOYEN (Ecole de **Van**)

108. — *Bords de rivière.*

Crayon et lavis. 0,100 × 0,120

GREUZE (D'après)

109. — *La grand'maman. L'heureux ménage. Le père de famille.*

3 gravures anciennes.

110. — *La Vénus du temps passé.*

Gravure ancienne imprimée en couleurs.

GREUZE (Gravé par **Moitte**)

111. — *La paresseuse.*

GROS (D'après **Pallaiseaux**)

112. — *L'aube du jour. Le coucher de soleil.*

2 gravures imprimées en couleurs.

GUERCHIN (Le)

113. — *Saint-Gérome.*

Plume. Cadre bois sculpté. 0.210 × 0.180

HAQUETTE

114. — *Dessins rehaussés.*

6 pièces.

HEILBUTH

115. — *Le Mont de Piété.*

Esquisse pour le tableau. Toile.

HOIN (Claude)

116. — *Portrait d'homme.*

Pastel. 0.550 × 0.410
Signé daté 1810. Collection Roger Portalis.

HORTON (William)

117. — *Bords de la Seine.*

Carton en trois parties. Signé.

HUET (J.-B.)

118. — *Faune et Bacchante.*

Crayon. 0.100 × 0.200

JACQUE (Ch.)

119. — *Femme debout.*

Crayon. 0.310 × 0.200

JANINET

120. — *Horaces et Curiaces.*

Gravure imprimée en couleurs.

JOLLIVET

121. — *4 feuilles d'études.*

Crayon.

JONGKIND

122. — *Le port de Honfleur. La Ville de Maslins.*

2 eaux-fortes.

JORDAENS

123. — *Faune à la flûte de Pan.*

Sanguine. Coll. de Lord Warvich.

LAMI (Eugène)

124. — *La lecture.*

Crayon. Signé d'initiales. 0,100 × 0,150

125. — *Etude de cavaliers et chevaux.*

2 dessins mine de plomb.

LAGRENEE

126. — *Le sommeil de Diane.*

Toile. 1,370 × 0,920

LANFRANCO

127. — *Saint Pierre recevant les clefs.*

Plume et sépia. 0,400 × 0,330

LEFEBVRE (Robert)

128. — *Buste de femme.*

Panneau. 0,460 × 0,340

LEGROS (A.)

129. — *Tête d'homme.*

A la pointe d'argent. 0,340 × 0,280

LEHMANN (Henri)

130. — *Océanide.*

Panneau, initiales. 0,240 × 0,120

LE PRINCE (Gravé par **de Launay**)

131. — *Le bonheur du ménage.*

N° 142.

LEVACHEZ (D'après **H. Vernet**)

132. — *Histoire de M*lle *de la Vallière.*

4 gravures imprimées en couleurs.

LEVY (Michel)

133. — *Le port de Douvres.*

Aquarelle

LUCAS DE LEYDE

134. — *Le baptême du Christ.*

Eau-forte.

MAES (Ecole de Nicolas)

135. — *Portrait de femme.*

Toile. Daté 1687. 0,470 × 0,390

MANET (D'après Velasquez)

136. — *Le Nain.*

Crayon.

MARIE (Adrien)

137. — *La fête des fleurs.*

Aquarelle.

MELLAN (Claude)

138. — *34 estampes.*

MOITTE (Gravé par Vidal)

139. — *Le jaloux endormi.*

MOREAU (Louis)

140. — *Promenade dans le parc.*

Gouache. Signé d'initiales. 0,240 × 0,190

NATOIRE (C.)

141. — *Les jardins de la villa d'Este.*

Dessin rehaussé. 0,305 × 0,420

NOEL (Léon)

141 *bis.* — *Paysage.*

Carton.

PALAMEDES

142. — *Jeune homme.*

Au dos étude de Paysanne à la pierre noire.

PERNET

143. — *Personnages dans un parc.*

Dessin rehaussé d'aquarelle. 0.145 × 0.1[illegible]3

PILLE (Henri)

144. — *Dessin d'Illustration à la plume.*

Signé. 0.345 × 0.21[illegible]

LE FEBURE (Gravé par Edelinck)

145. — *Portraits.*

4 pièces.

PRINS (P.)

146. — *Les meules.*

Toile. 0.600 × 0.450

PRUDHON (Atelier de)

147. — *La Justice poursuivant le Crime.*

Toile. C. Haro. 0.450 × 0.370

PRUDHON

148. — *Buste d'homme.*

Crayon rehauts de blanc, sur papier bleu. 0.150 × 0.150

QUELLYN (Erasme)

149. — *Combat de cavalerie.*

Panneau. 0.790 × 0.530

RENOUARD (P.)

150. — *La famille.*

2 épreuves à l'aqua-teinte.

RAFFET

151. — *4 croquis dans un cadre.*

Cachet de la vente.

152. — *Trophées.*

Toile. Au dos cachet de la vente. 0,300 × 0,250

RAFFET (Attribué à)

153. — *Armures.*

Panneau.

154. — *Armures.*

Panneau. 0,210 × 0,160

SALVATOR ROSA

155. — *Le passage du gué.*

Toile. 0,450 × 0,350

SIDERER (H.)

156. — *Paysage animé.*

Panneau.

SILIANO (Gravé par)

157. — *Dernier adieu du Roi d'avec sa famille éplorée.*

Gravure imprimée en couleurs.

SHALLE (Gravé par A. Le Grand)

158. — *Paul et Virginie.*

3 pièces.

SNEYDERS (F.)

159. — *Un renard a saisi une volatile et s'apprête à la dévorer; des chats sauvages, près de lui, semblent vouloir lui disputer sa proie.*

Panneau de chêne. 0,740 × 1,050

TESTARD (Gravé par **Roger**)

160. — *Vue du Théâtre de l'Ambigu.*

Gravure imprimée en couleurs.

TITIEN (D'après **Le**)

161. — *Antiope.*

Toile. 0,450 × 0,310

N° 184.

TINTORET (Attribué au)

162. — *Char.*

Plume et lavis.

TROY (De) (Gravé par **Balachou**)

163. — *Portrait de Y. de Jullienne.*

TURNER (D'après)

164. — *Portrait de Shakespeare.*

Gravure à la manière noire.

UTRILLO (Maurice)

PEINTURES

165. — *Fin de la rue Cortot.*

0,400 × 0,280

166. — *La place du Tertre.*

0,450 × 0,300

167. — *Le Moulin de la Galette vu de face.*

0,780 × 0,580

168. — *Rue des environs de Paris.*

0,770 × 0,580

169. — *La maison de Berlioz.*

0,340 × 0,260

170. — *Une rue à Montmartre.*

0,410 × 0,340

171. — *Le cabaret de la Belle Gabrielle.*

0,540 × 0,390

172. — *Une rue à Montmartre, personnages.*

0,590 × 0,440

173. — *Route à travers la campagne.*

0,780 × 0,560

174. — *Environs de Paris.*

0,720 × 0,510

175. — *Bucquoy, village du Pas-de-Calais.*

0,810 × 0,600

176. — *Rue des environs de Paris*

0,720 × 0,510

177. — *Avenue des environs de Paris.*

0,750 × 0,590

178. — *Rue des environs de Paris.*

0,670 × 0,520

179. — *Le Moulin de la Galette, vu de derrière.*

0,690 × 0,480

180. — *L'Eglise de Montmagny (Seine-et-Oise).*

0,780 × 0,580

181. — *Village au fond d'un bois.*

0,750 × 0,560

182. — *Rue des environs de Paris, personnages.*

0,550 × 0,450

183. — *Chapelle de campagne.*

0,690 × 0,520

DESSIN

184. — *La rue d'Orchamp.*

Crayon.

UTTER (A.)

185. — *Paysage.*

Toile. 0,530 × 0,370

VALADON (S.)

186. — *Le tub.*

Crayon. 0,200 × 0,210

VERNET (J.) (Gravé par **Le Veau**)

187. — *L'aurore d'un beau matin.*

VERNET (Ecole de **J.**)

188. — *Vue d'un port.*

Toile.

VERNET (Attribué à **C.**)

189. — *Le fumeur et le priseur.*

2 dessins, plume et lavis.

WATTEAU (Ecole de)

190. — *Personnages dansant et jouant dans un parc.*

Toile. 0,450 × 0,370

WILHEMS (Florent)

191. — *2 croquis dans un cadre.*

Mine de plomb.

WINTERHALTER

192. — *Jeune femme.*

Mine de plomb.

WOUVERMANS (P.)

193. — *Le porte-drapeau.*

Au lavis d'encre de Chine.

194 à 202. — *Lots de dessins et gravures.*

203 à 208. — *Lots de cadres.*

209. — *Tableaux omis.*

www.ingramcontent.com/pod-product-compliance
Ingram Content Group UK Ltd.
Pitfield, Milton Keynes, MK11 3LW, UK
UKHW020524180726
13839UKWH00005B/2296